최종수 시집

사랑해도 모자란
동행

최종수 윤호요셉 신부

1996년 사제서품
수류성당, 캐나다 피터보르한인성당, 팔복동성당, 농촌환경사목,
만나생태마을, 조촌동성당을 거쳐 지금은 무주성당에서 사목하고 있다.
시집 《지독한 갈증》《사랑해도 모자란 동행》
산문집 《첫눈 같은 당신》《당신 덕분에 여기까지 왔습니다》
평전 《고 마태오》(공저)
역사기행집 《안중근과 걷다》(공저)
음반 〈어느 신부의 사랑 고백〉

사랑해도 모자란 동행

교회인가	2021년 8월 18일
펴낸날	초판 1쇄 2021년 9월 12일

지은이	최종수
펴낸이	서용순
펴낸곳	이지출판

출판등록	1997년 9월 10일
등록번호	제300−2005−156호
주소	03131 서울시 종로구 율곡로6길 36 월드오피스텔 903호
대표전화	02−743−7661 팩스 02−743−7621
이메일	easy7661@naver.com
디자인	박성현
인쇄	(주)지오피앤피

값 10,000원

ISBN 979-11-5555-163-9 03810

사랑해도

모자란 동행

최종수 시집

이지출판

여는 글

오직 한 분, 태초부터 시작된 사랑
한 번의 생이 다하도록 그분만 사랑할 수 있기를
두 손 모았습니다.
한 마리 사슴이 시냇물을 찾아가듯
생명의 오아시스를 간절히 바라며,
한 줌 햇살처럼 살고 싶었습니다.

보잘것없는 사랑이
가난한 영혼들과 여기로부터 소외된 사람들,
수많은 생명들 안에서 이슬꽃처럼 피어나길 바랐습니다.

나의 그리움이 끝날 때까지
저물어 가는 석양빛처럼 사랑이 다할 때까지
당신을 향한 이 걸음을 멈출 수 없습니다.
오늘도 간절히 당신 품에 안기길 원합니다.

나와 내 이웃의 그리움이 따뜻한 눈물이 되고
뭇 생명들의 평화와 노래가 되고
깊은 샘처럼 마르지 않는, 한 편의 시가 되길 바랍니다.

나의 간절한 소원은 당신을 향한 그리움!

아, 내 님을 향한 사랑이여!

애틋한 이 마음이 한 편의 시가 되어 주길 두 손 모읍니다.

2021년 가을 길목

무주성당에서 최 종 수 신부

차례

2부 서로가 서로에게

3부 이발사 부부

4부 오늘 밤 나는 행복합니다

5부 프란치스코 빠빠

산문 청년 화부의 꿈

1부

행복한 동행

십자가

나를 버리고

너에게로 가는 길

빗속으로 걸어가는 프란치스코

– 코로나19 극복을 위해 기도하시는 프란치스코 교황

추적추적 비를 맞으며 걸어가는 프란치스코
환호하는 군중은 없어도
빗방울이 한숨처럼 떨어져 내려도
잿빛 광장 한복판을 가로질러 가는

당신이 있어 희망입니다.
무기운 육신을 십자가처럼 끌고 가는
당신이 있어 위로가 됩니다.

돌풍으로 모든 것이 난파한 것처럼 보이는
죽음의 공포 속에서도 공동선 씨앗을 뿌리고
희망을 퍼트리는 수많은 봉사자들
하느님과 함께라면 생명은 결코 죽지 않는다.

사선으로 내리는 비를 맞으며
당신이 걸어간 이유는
우리 함께 뒤돌아보자는 당신의 반성입니다.
빗물로 흥건한 광장은
우리 함께 울어주자는 당신의 눈물입니다.

한 걸음 또 한 걸음
절룩이는 당신의 발걸음은
우리 함께 걸어가자는 당신의 평화입니다.
부축을 받으며 오르는 계단은
우리 함께 연대하자는 당신의 희망입니다.
전 인류에 울려 퍼지는 당신의 말씀은
우리 함께 코로나19를 극복하자는 당신의 격려입니다.
모자상 앞에서 드리는 간절한 기도는
우리 함께 기도하자는 당신의 애원입니다.
기적의 십자가 예수님 발에 입맞춤은
우리 함께 사랑하자는 당신의 연민입니다.
우리 귓가에 메아리쳐 오는 종탑의 종소리는
더불어 지구를 살리자는 당신의 다짐입니다.

성광을 높이 든 성체강복은
생명과 평화의 공동의 집
자연과 인간과 동물이 함께 사는 지구를 만들자는
당신은, 우리의 빛입니다.

행복한 동행

먼 길 홀로
지팡이 짚고 갈 땐 몰랐네

여럿이
줄을 서서 산을 오르는 길

도란도란
이야기꽃을 피우며 강에 닿는 길

아름다운 나라는 줄을 서서 가는 길이 아니었네
그대와 손잡고 끝없이 가는 길

거기 어디쯤–

우리를 따라온 강이 있었네
우리의 콧노래 귓가를 맴도네

성모승천대축일

　광복절 성모승천대축일 미사 후 국수 잔치가 벌어지는 언덕 위 수류성당. 수녀는 국수를 삶고, 사제는 텃밭에서 따온 오이를 채로 썬다.

　구판장 앞에서는 윷판이 벌어졌다. 내리 두 판을 지자, 신부님 돈 따먹을 때까지 하자며 한바탕 폭죽이 터진다. 도가 나와도 웃고 개가 나와도 웃는다.

　성당 마당 단풍나무 그늘에서도 춤판이 벌어진다. 구판장에서 "윷이야!"를 외치면 성당 마당에서는 뽕짝 카세트에 뒤죽박죽 춤사위가 정겹다. 덩달아 부엌에서도 노릇노릇 익어가는 부침개가 프라이팬에서 공중그네를 탄다.

　뽕짝 카세트 테이프 한 면이 다 돌아갈 즈음, 땀도 식힐 겸 수영장으로 가서 놉시다! 입은 옷 그대로 할머니들이 텀벙텀벙 수영장 안으로 들어간다. 물놀이에 신바람이 난 사제는 뒷사람이 앞사람 튜브를 잡게 한 뒤 영차영차 튜브를 끈다. 줄지어 새끼 오리들이 엄마 오리를 따라온다. 오리! 오리! 꽥! 꽥! 오리! 오리! 꽥! 꽥!

　오늘은 해방된 날, 웃어요. 웃어요.

　오늘은 성모승천대축일, 웃어요. 웃어요.

나는 알지 못했네

나는 알지 못했네
밀농사 짓는 농부가 없으면
예수님의 몸인 성체를 축성할 수 없다는 것을

포도 농사짓는 농부가 없으면
예수님의 피인 성혈을 축성할 수 없다는 것을

몇 날 며칠 땅을 파고 포도나무를 심고
허리가 끊어질 듯 아프고 나서야
알게 되었네

앉아 있어도 서 있어도
걸어 다녀도 누워 있어도 쑤시는 허리를
괭이로 파내고 싶을 만큼
쩔쩔매고서야
문득 알게 되었네

씨를 뿌리고
열매를 거두는 농부의 노동 없이는
하느님께 올리는 미사를 드릴 수 없다는 것을

단내 쉰내

눈 시린 하늘이 호수에 내려앉는다. 가없는 하늘의 사랑으로 푸른 가지마다 주렁주렁 블루베리가 익어간다. 아버지와 아들이, 시어머니와 며느리가 도란도란 쪽빛사랑을 바구니에 담는다. 수천 번의 눈길과 노동으로 입에서는 단내가 옷에서는 쉰내가 난다.

한 해 쌀값인데 여기저기 퍼주면 어떡해요?

나눔의 그릇은 아름답다. 두 손으로 열 손가락을 나누면 행복하다.

모두가 돌아간 밤, 부실한 허리에 통증이 몰려온다. 진통제 한 알 꿀꺽 삼킨다. 어찌할 것인가, 하루만 지나면 물러질 열매를 팔 곳이 없으니…. 여기저기 나누고 나니 한해살이가 걱정이다. 조용히 무릎을 꿇는다. 간절히 두 손을 모은다.

하느님, 내일 블루베리를 배송할 곳이 없습니다.

천국 휴가가 있다면

한 가지 소원을 하느님께서 들어주신다면
철부지 4학년 때 하늘로 올라가신 아버지가
하루만 지상으로 휴가를 오시면 좋겠다
아니, 하룻밤만이라도 내려오시면
기뻐 춤을 출 것 같다

함박눈 내리는 해 질 녘에 오신다면
아침부터 참나무 장작 패서 황토방을
뜨끈뜨끈하게 달궈 놓고
천사처럼 내리는 함박눈 맞으며 마당을 서성일 것이다

구절초 띄워 빚은 막걸리 잔을 올리고
지금같이 좋은 날! 너무 좋아! 너무 좋아! 너무 좋아!
아버지와 함께 어깨 들썩이며 건배하고 싶다
아랫목에 이불 깔고 웃는 얼굴 마주 보며
구수한 아버지 이야기에
음- 그랬구나! 음- 그랬구나!
추임새 넣어가며 듣고 싶다

아버지는 이렇게 말씀하시겠지
– 우리 아들 이야기도 들어봐야지

그러면 나는 사제서품 받고서
날아갈 듯 기뻤던 순간을 이야기할 것이다

밤이 깊어 졸음이 쏟아지면
천국으로 돌아가시지 못하게
내 옷고름에 아버지 옷고름을 묶고
꿀잠을 잘 것이다
아버지 팔베개에서 영원히 깨어나지 않을 것이다

어머니의 선물

8남매를 둔 어머니, 애비 없는 자식 소리 듣지 않으려 가슴 졸이며 사셨습니다. 밭에 나가 김매고 돌아오시면 부뚜막에 쪼그려 앉아 찬밥덩어리 물에 말아 드시던, 어머니여서 그렇듯 바람처럼 때워야 하는 줄 알았습니다. 한 주먹 될까 말까 한 쌀밥은 아버지 놋그릇에, 보리 섞인 밥은 자식들 밥그릇에, 꽁보리 누룽지 밥은 양푼에 푸시던, 어머니여서 내양 양보해야 하는 줄 알았습니다. 맨손으로 시냇가 얼음을 깨 방망이질한 빨랫감 머리에 이고 와 빨랫줄에 널면, 열 손가락을 타고 굳어가는 처마 밑 고드름처럼 희생만 하셨던 어머니. 모시 적삼은 고사하고 반듯한 양장에 고운 한복 한 벌 없으셨던 어머니는 그렇듯 남루해야 하는 줄 알았습니다.

새벽 3시에 일어난 어머니는 반 시간을 걸어 예배를 보시고, 밥과 도시락을 챙겨 학교에 보내셨습니다. 샛거리로 나온 보름달 빵은 고쟁이에 넣으시고 물로 배를 채우신, 남의 집 일 마치고 돌아온 날은 대문을 들어서기 바쁘게 고쟁이 속에서 보름달이 떠올랐습니다. 저녁 설거지를 마치고 방으로 들어오시면 나일론 양말에 백열전구를 넣고 눈이 침침하도록 꿰매셨습니다.

어디서 그런 힘이 생겨난 것일까요. 일에 지친 어머니는 잠자리에 들기 전 성서를 꼭 읽으셨습니다. 꾸벅꾸벅 졸으시다 장에서 사온 돋보기안경을 떨어뜨려 귀퉁이가 깨진 적 있는데, 그때마다 어머니는 더듬더듬 자장가 삼아 성서를 읽어 주셨습니다. 어떤 날은 머리를 싸맨 채 끙끙 앓으시다가도 새벽이면 어김없이 일어나 새벽예배를 가셨습니다. 신자 집에 초상이 나면 장례를 마칠 때까지 부엌에서 허드렛일을 하셨습니다.

쌀을 씻기 전 아궁이 옆에 놓인 작은 단지에 식구 수대로 좀도리쌀을 모으셨습니다. 우리 집보다 더 가난한 사람들을 위해서였습니다. 어머니는 그렇게 잠든 자식들 깨울까 봐 수건으로 입을 틀어막은 채 대장암 진통을 밤새 봉헌하셨습니다. 은행잎 곱게 물든 10월의 언덕을 넘어 하늘가로 돌아가신 어머니. 사제 서품 후 첫 성무활동비를 받은 날 외삼촌께 전화를 드렸습니다. 어머니를 대신해 외삼촌께 곰탕 한 그릇 사드리고 싶었습니다. 차마 숟가락을 들지 못한 채 화장실로 달려가 쏟아지는 눈물을 토해 냈습니다.

어머니는 우리 8남매에게 가장 큰 선물인 신앙의 유산을 남겨 주셨습니다. 사제로 살아갈 수 있도록 매일 기도의 힘을 주셨습니다. 희생만이 전부였던 어머니의 삶과 기도가 성소의 씨앗이 되어 이 말씀을 가슴에 새겨 주셨습니다.

주께서 나에게 기름을 부으시어 가난한 이들에게 복음을 전하게 하셨다. (루가 4, 18)

이슬비

속삭이듯 가만히 내려도
천지를 적시고
시냇물을 이루고
강은 흐르고 흘러 바다를 출렁인다

얼마나 무거우면 소리 한 점 없을까
얼마나 가벼우면 저토록 겸손한 하늘일까

소리 없이 젖어드는
당신의 손을 잡습니다
숨죽인 신의 침묵을 듣습니다

그대, 젊은 사제여

몇 번이고 포기하고 싶었던
가시밤송이 나뒹구는 산책로—,
그 길은 울타리 안의 길이라네

이불 짐 옷 가방 하나로 정문을 들어섰지만
가득한 짐수레가 아닌지
뒤돌아보게나

가난한 이들과 아픈 세상을 향해
서른세 살 예수님처럼 우리 얼마나 뜨거웠던가
태초의 꿈처럼 부푼 가슴으로 출발한
젊은 사제 그대여, 이제부터 시작이라네

어쩌면 텅 빈 방에
홀로 남은 밤이 두렵기도 할 거네
그러면 그 방처럼 그대의 영혼도 비워 두게나

자존심이 상할 때는 감실에서 부르시는
예수님께로 달려가 하소연도 해 보게나
이것밖에 되지 않는 내 초라한 모습
그 부족함에 겸손해질 수 있지 않겠나

사제는 사제를 만나야 한다네
그대 곁에 동료 사제가 없을 때는
그대의 삶에 빨간 신호등이 켜졌다는 것을 잊지 말게나
다시 말하네, 젊은 사제여!
사제는 사제를 필요로 한다네

그대 귓가에 우는 소리 들리거든
그 소리 끌어안고 함께 울어주게나
하느님의 품이 되도록

그대, 젊은 사제여
마구간을 찾아간 목동, 그 가난한 영혼으로
세상 속으로 걸어가게나
누구나 십자가는 두렵다네
우리의 스승인 예수님도 그랬지 않은가
사제는 세상 십자가에 스스로 못 박히는 제자라네

성공에 익숙해진 그대여
실패를 두려워 말게나
십자가야말로 완벽한 실패가 아닌가

주님이 그대의 손길로 진리의 하늘을 열고
주님께서 그대의 발걸음으로 평화의 비둘기를 날려
보내리니
두려워 말게나
나머지 반도 주님께서 넘치도록 부어 주시지 않겠나

로만 칼라 수의로 입고 나란히
아픈 다리 누이며 우리 꼭 만나야 하네
젊은 사제 그대여,
제의를 수의로 입고 나란히 어깨동무하며
우리 꼭 다시 만나야 하네

당신이 꽃이다

풀숲의 꽃들만 꽃일까
어디에서 피든 꽃이다
꽃밭의 꽃들만 예쁠까
무슨 꽃이든 예쁘다

춤추는 꽃은 있어도
찾아가는 꽃은 없다
웃는 꽃은 있어도
손잡아 주는 꽃은 없다

사람이 피우는
꽃
내가 너를 끌어안고 울어주는
눈물꽃

당신이 피우는 사랑의 꽃
세상에서 가장 아름다운 꽃
당신이 그 꽃

어미새

– 정일우 신부님

어미새처럼 있는 그대로 품어 주고, 내 십자가와 사명을 찾아 울타리 밖 세상 속으로 나아가도록 인도해 주신 아버지. 막걸리 한 주발에 청국장을 좋아하는, 한국 사람보다 한국을 더 사랑해서 미국 국적을 버린 귀화 한국인 정일우.

진안 산골짜기에서 생태마을 공동체 농사를 지을 때, 희망의 노래는 가까운 곳에 있었다. 가난한 이들의 희망인 아버지는 순례자들의 이정표요 미명의 나라로 이끄는 참 새벽의 인도자였다.

오랜 단식 끝에 쓰러지셨다는 소식을 전해 들은 날, 살아 계실 적에 밥 한 끼 지어 드리고 싶어 요양 중인 아버지를 찾아갔다. 노인성치매를 앓고 있는 아버지는 청국장보다 유년 시절에 즐겨 먹던 햄버거를 더 좋아하셨다.

마트에서 사온 갈은 돼지고기에 후추 마늘 소금 달걀 우리밀을 넣어 반죽했다. 야채를 물에 씻어 썰고 반죽한 고기를 식빵 크기로 프라이팬에 구웠다. 등짝을 타고 흐르는 구슬땀만큼이나 맛나게 드시는 아버지의 입가로 미소가 번졌다. 아버지의 마지막 미소는 떠나온 고향을 그리워하셨다.

산처럼 한결같은, 가난하고 낮은 이들을 어미새처럼 품어 주신 아버지. 함께 웃고 함께 울며 사랑의 나침반을 보여 주신 아버지. 당신이 있어 우리는 행복합니다.

갯지렁이의 기도

나는 당신을 위해 존재합니다. 당신의 똥물과 탐욕의 찌꺼기까지도 받아먹는 나는 어머니의 젖가슴처럼 보드라운 갯벌을 만들지요. 햇살을 내리는 하늘과 창공을 수놓는 철새들에게 내 몸을 바치지요.

슬픈 운명처럼 나는 창공의 새들을 불러 모아 보금자리를 만들고 알을 낳게 하지요. 내가 죽어야만 바다는 생명을 얻게 되니까요. 당신도 환하게 웃을 수 있으니까요. 그래요, 우리의 죽음은 당신을 위한 위대한 사랑이에요.

큰 바다로 나갔던 고기들이 살을 찌워 당신의 식탁으로 돌아오네요. 잊지 마셔요, 당신이 먹는 살이 우리의 피라는 것을. 우리는 당신에게 먹히길 원하는 어머니의 사랑입니다.

삼 년 전이었나요, 아니 그보다 훨씬 오래됐을 거에요. 영광 앞바다의 조기들이 난리가 났었지요. 바닷물이 뜨거워서 알을 낳을 수가 없었대요. 우리도 그때 우라늄으로 화상을 입었지요. 제발 부탁이에요. 나를 죽이지 마세요. 우리가 살아야 당신도 행복할 수 있어요.

낮고 작은 길

내려가면
내려갈수록
하늘과 멀어지는

저기 강물처럼
바다처럼 낮아져야
하늘을 만날 수 있는

나자렛 예수처럼
가난한 사람들 속으로 들어가야
하늘을 섬길 수 있는

당신과 동행하는 길은
낮고 작은 길
비로소 신에게로 가는 길

블루베리 따는 신부

자연의 선율을 품고 자란
하늘이 내린 블루베리
우리의 눈빛을 이슬처럼 씻어주네

아침 햇살과 이슬처럼
영혼을 맑게 해주는
사랑의 향기

푸른 지구에 맺힌
하늘빛 과일

따스한 햇살 아래
영혼의 이슬을 따는
블루베리 신부

2부

서로가 서로에게

묵상

신이 나에게로 오는 소리

내가 신에게로 스미는 향기

생명의 기도

주님, 저희를 생명의 도구로 써 주소서.

죽음이 있는 곳에 생명을
탐욕이 있는 곳에 금욕을
개발이 있는 곳에 보존을
성장이 있는 곳에 멈춤을

주님, 저희를 생명의 도구로 써 주소서.

빠름이 있는 곳에 느림을
전쟁이 있는 곳에 평화를
폭력이 있는 곳에 화해를
상처가 있는 곳에 치유를

주님, 저희를 생명의 도구로 써 주소서.

경쟁이 있는 곳에 협력을
독식이 있는 곳에 공생을
불만이 있는 곳에 만족을
과소비가 있는 곳에 검소를

주님, 저희가 생명의 도구가 되어
푸른 별 지구를 살리게 하소서.

반딧불이

산책길에 만난 반딧불이
풀섶에 반짝이는 노란 별

우와!
우와!

신이 난 아이처럼 탄성이 터져 나오는
신비로운 동화 나라 여행

반딧불이는 달맞이꽃
반딧불이는 밤하늘의 별

풀섶에서 숨바꼭질하는
지상에 반짝이는 조용한 희망

초록의 기도

태풍이 지나간 자리를 기억합니다.

뿌리 뽑힌 미루나무 곁에 용케도 벼들은 무사했습니다.

사는 일이 이러하지 않을까요.

서로의 등을 기대며 버터내는 일이 아닐까요.

꽃도 아름답지만 우리는 풀에 가깝습니다.

거친 바람에 몸을 낮추는 지혜를 가졌습니다.

단오절 지나면 들녘은 온통 초록빛 세상입니다.

가장 낮은 곳에서 가장 작은 키로 하늘을 닮아가는
풀을 보십시오.

풀은 위대한 스승입니다.

가장 낮은 곳이 가장 높은 곳을 섬길 줄 아는 놀라운
지혜입니다.

천사 마리아가 전한 실내화 한 켤레

저는 아파트 단지 학교에 다닙니다. 몇 년 전에는 개구리가 놀던 논이었습니다. 3학년에 올라가 새로운 친구들을 만났습니다. 2학년 때 만난 친구들도 있지만 대부분 처음 보는 얼굴들입니다.

3학년 첫 등교하던 날 우리 반에 옷을 꾀죄죄하게 입은 친구가 눈에 들어왔습니다. 2학년 때 복도에서 여러 번 마주친 아이였습니다. 그 아이는 친구들에게 '더러운 옷은 저리 가!'라는 말만 들었습니다. 그 아이에게 말을 걸고 싶었지만 용기가 나지 않았습니다.

첫 등교를 마치고 집으로 돌아왔습니다. 엄마는 내가 좋아하는 김치전을 만들고 있었습니다.

오늘 새로운 친구들 많이 만났겠네?

으응, 엄마.

혹시 어려운 친구나 네가 도와주어야 할 친구는 없었니?

있었어. 옷도 꾀죄죄하고 실내화도 없는 남자 아이야.

우리 마리아가 그 아이의 친구가 되어 주면 어떨까? 아마 무슨 사정이 있을 거야.

나도 그러고 싶은데 선뜻 용기가 나지 않아요.

엄마가 기도할 테니 우리 마리아도 기도하면 되지 않을까?

한 주간이 지났습니다. 반 친구들은 철수를 왕따시키기 시작했습니다. 철수에게 말을 거는 건 큰 용기가 필요했습니다. 나도 친구들에게 왕따당하면 어쩌지, 하는 두려움 때문이었습니다.

저는 기도했습니다.

예수님, 당신은 사랑하는 세사들에게 버림을 받았고 십자가에 못 박히셨습니다. 우리 반에도 예수님처럼 버림받는 철수가 있습니다. 제가 철수의 친구가 될 수 있도록 용기를 주세요.

그러던 어느 날이었습니다. 2학년 때 철수와 같은 반이었던 친구가 철수의 이야기를 들려주었습니다. 집으로 돌아온 나는 엄마와 마주 앉았습니다.

오늘 철수네 집 이야기를 친구에게 들었어요. 철수는 엄마와 아빠가 IMF 때 부도가 나 할머니와 함께 살고 있대요. 아파트 앞에서 채소 노점상을 하는 할머니는 저녁 9시쯤에나 집에 돌아오신데요.

그랬구나. 장보러 가는 길에 신발가게 앞을 지나다 실내화를 하나 샀는데 잘 됐다. 우리 마리아가 대신 전해 줄 수 있겠니?

네, 엄마. 그렇게 할게요.

등교를 하자마자 실내화를 사물함에 넣어 두었습니다. 당장 주고 싶었지만 아이들이 알면 철수가 자존심 상할까 봐 종례를 마칠 때까지 기다려야 했습니다.

철수야, 이거 받아줄래? 우리 엄마가 너 주라고 사온 거야. 대신 친구들이 물어보면 할머니가 사준 거라고 말해. 알았지?

실내화를 받아든 철수가 고개를 끄덕였습니다. 순간, 실내화를 들고 뛰어가는 철수의 뒷모습에서 해바라기꽃이 피어났습니다.

리본꽃 수선화
– 세월호를 추모하며

돌담 아래 솟아오르는
그리움
노란 수선화로 피었네

수줍은 소녀야
첫사랑아
피어린 눈물로 피어난
리본꽃을 보렴
노란 물결의 위로를 보렴

이승의 그 어떤 꽃보다
저승의 그 어떤 꽃보다
시린 세월호 꽃이여
팽목항을 물들인 아픈 꽃이여

너를
천국에서 다시 보는 날

비바람에 씻긴 저 꽃을 지우련다

해녀들

저승에서 돈 벌어

이승에서 쓰는

숨과 숨 사이의 섬

괜찮아

당신이 별이라면
어둠이어도 괜찮아

당신이 꽃이라면
잎이어도 괜찮아

당신이 주연이라면
지나는 행인이어도 괜찮아

당신이 해라면
달이어도 괜찮아

당신이 하늘이라면
땅이어도 괜찮아

당신이 무엇이 된다면
난 무엇이어도 괜찮아

동행

먼 길 가려면
마음의 길을 먼저 닦고
함께 할 벗을 찾아야 한다

가까운 길을 먼저 걷고
오래오래 공을 들여야 한다

먼 길은
내 머리에서 가슴에 이르는 길

기도로 나를 비우고
당신을 먼저 채워야 한다

요셉 식탁

– 전주교구 빈민사목 노숙인 무료급식소

가난한 소년이
예수님을 만나기 위해 꼬박 이틀을 걸었습니다

마음이 가난한 사람은 행복하다
하늘나라가 그들의 것이다

보리빵 다섯 개와 물고기 두 마리로
마음을 나누게 되었습니다

하늘에 감사드리자
남자만 오천 명이 배불리 먹었습니다

남은 열두 광주리
비우는 나눔 속에 천국을 만났습니다

키가 작고 맑은 눈을 가진 소년이
예수님을 만나기 위해 요셉 식탁을 찾았습니다

이웃과 더불어
밥을 짓고 반찬을 만들었습니다

마음이 가난한 사람들을
따뜻한 음식으로 대접했습니다

가난한 이웃들 환한 얼굴에서
행복한 예수님을 만났습니다

그대 사제는

– 첫 미사를 축하하며

별 하나가 반짝이기 위해
하늘의 어둠이 필요했듯이
세상 빛이 되기 위해 그대
얼마나 많은 고뇌의 밤을 보내야 했습니까

한 송이 꽃을 피우기 위해
태양이 통째로 나오르듯이
주님의 종이 되기 위해 그대는
푸른 열정을 태워야 했습니다

한 생명의 노래를 위해
생살을 찢는 산모의 고통이 필요했듯이
평화의 사도가 되기 위해 그대
얼마나 많은 불의에 맞서야 했습니까

한 영혼의 생명을 위해
주님께서 십자가에 못 박혔듯이
첫 미사를 드리기 위해 그대는
제단에 젊음을 통째로 바쳐야 했습니다

사제는 어머니 뱃속에서
피어나는 무언의 기도
주름진 아버지의 노동에서 솟아난 희망입니다

그대 사제는
지구가 피워 낸 꽃
우주가 봉헌한 영혼입니다

사제 그대는
주님이 통째로 바치신 성체,
태초부터 시작된
그 크신 주님의 사랑입니다

개마고원을 닮은 아버지

- 고종옥 신부님

힘들 땐 하느님께 하소연해 보라는 당신을 따라갑니다.

이방의 땅 캐나다에서 당신의 외로움을 보았습니다.

인슐린 주사와 싸우면서도 당신은 라면으로 허기를 채우셨습니다.

집으로 돌아오기까지 17시간 걸려 찾아간 몬트리올 은퇴 사제 양로원

준비해 간 꽃게장에 쌀밥 두 그릇을 뚝딱 드시던 아버지

어제인 듯 당신의 가시밭길은 하늘을 닮아 갑니다.

봄이 지나간 자리에 강이 흐릅니다.

쪽빛 하늘도 천지에 내려앉습니다.

육이오전쟁으로 얼룩진 당신의 비통한 음성을 기억합니다.

개마고원의 푸른 기개도 기억합니다.

해방 후 처음으로 백두산 천지에서 미사를 바치신 당신

평양 장충성당에서 북한 동포들과 최초로 미사를 드리신 당신

— 민족통일은 우리 온 겨레의 순수한 정열이다.*

그래서 새겨두었습니다.

— 평화적으로 통일될 조국의 푸른 하늘을 바라보자.

토론토, 먼 길이었습니다.

피터보르, 의로운 아버지를 만난 축복이었습니다.

* 1987년 김수환 추기경님은 고종옥 신부에게 파리에 머물며 북한 선교를 준비케 하셨다. 그 무렵 서독에 귀화한 세계적인 작곡가 윤이상 선생이 고종옥 신부에게 선물한 유묵이다.

어버이 사랑

– 조성만 열사를 기억하며

성만이가 전주 집에 내려왔는데 느낌이 달랐어요. 밥상을 차려놓고 불러도 기척이 없는 거에요. 방문을 열었더니 침대 아래 누워 있더라고요.

아가 밥 먹어야제

엄마, 나 하느님께 가야 할 것 같아요

뜬금없이 무슨 말이냐

하느님이 저를 부르세요

하느님이 왜 널 부르신다니

하느님이 저를 너무 사랑하신데요

그리고는 정원에서 학창 시절에 찍은 사진을 태우는 거에요. 하느님께 가려고 말예요. 아들을 말리면서도 그걸 몰랐던 거에요.

우리 집 희망이었던 아들을 망월동에 묻고 밤마다 울었지요. 가슴속 불덩이를 식히려고 나갔다 새벽이슬 털고 돌아오는 날이 많았어요. 성만이가 할복할 때 입은 농민복의 피가 지워질까 봐 빨지도 못하고 해마다 서너 차례 습기를 제거했어요.

* "벗을 위하여 제 목숨을 바치는 것보다 더 큰 사랑은 없다."(요한 15, 13) 조성만은 1988년 5월 15일 명동성당 교육관 하늘에서 88올림픽 남북공동개최 유서를 뿌리고 할복 투신했다. 그는 서울대학교를 마치고 사제의 길을 가기로 부모님께 승낙을 받았다. 그러나 하느님께서 나를 부르신다면서 통일의 제단에 목숨을 바쳤다. 제34주년 6·10민 주항쟁 기념식에서 민주주의 발전에 기여한 공로로 국민훈장 모란장이 추서되었다.

서로가 서로에게

하늘이 별에게 말하듯
바람이 꽃에게 춤추듯
내가 너에게
우리가 우리에게
모두가 자연에게
서로가 되자

어둠을 탓하지 않는
은하수 무리처럼
작은 촛불 하나
서로가 빛이 되자

우리 비록 작지만
이슬방울 가슴으로
흐르고 섞여
서로가 바다가 되자

가녀린 물방울 쉼 없이
바위를 뚫듯
작은 함성
작은 몸짓으로

어둠을 꿰뚫는
서로가 연대가 되자

검둥이
황둥이
흰둥이 어우러져
한 빛
한 몸
푸른 살빛
서로가 지구가 되자
서로가 우주가 되자

통일

– 안중근 도마 의사 남북공동 심포지엄에 부쳐

부둥켜안으니 눈 녹듯 녹더라

더덩실 어깨동무 춤추니 하나이더라

둥글게 둥글게 손잡고 기도하니 어느새 한 몸이더라

3부

이발사 부부

이발사 부부

부부교육을 마친 환영식 자리
마주 잡은 손이 어색한지
남편은 천장만 쳐다보고
첫사랑을 고백하듯 애틋한 목소리

결혼한 지 40년이 되었는데, 손잡고 여행 한 번 가지
못했어요. 월세방에 살림 차리고, 월명공원 산책이 신
혼여행이었어요. 바퀴 없는 가방을 끌고, 자갈밭을 걸
어온 것처럼 힘들었어요.

울먹울먹 말을 잇지 못하는 아내
천장에서 눈을 떼지 못하는 남편

미안해요. 미안해요. 앞으로 남은 날은 네 바퀴 달린
캐리어 끌고 잔디밭을 걸어가요. 우리 그렇게 살아요.

우주는 스승이다

햇살 한 줌
별빛 한 점
바람 한 자락
들꽃 한 송이
이슬 한 방울
그늘을 먹고 자란 이끼 한 점
우주는 모두가 스승이다

하나의 미소와
한마디의 말
한 번의 눈길과
한 소절의 노래
단 한 번의 손길과
한 자락의 춤
인간은 모두가 스승이다

낳고 기르고
먹이고 입히고
타이르고 격려하고
때리고 안아주고
가르치고 물려주고

사별하는 순간까지
부모는 모두가 스승이다

적벽강에서

– 물수제비

날아가 닿는 순간
꽃송이가 되는 돌멩이

무거운 것들은
꽃이 될 수 없다

새처럼
바람처럼

가벼운 모든 것들은
통통통 흰 꽃으로 피어난다

이제야 알 것 같습니다

1
사랑하는 님이여
얼마나 긴긴날을 찾아 헤매었습니까

님을 찾아 헤매었던 얼룩진 영혼
이제야 거울 앞에서 수척한 얼굴을 봅니다

언제 오시렵니까
얼마나 더 울어야 합니까

긴 밤을 홀로 지샜습니다
함박눈을 펑펑 맞았습니다
친구도 떠나보냈습니다
청춘의 날들은 그렇게 가버렸습니다

눈을 가리시고 얼굴을 돌리셨기에
밤마다 일기장에 새겨지는 그리움
발등이 꽁꽁 얼어붙는 언덕에 서서
알몸의 연가를 부릅니다

님을 기다리다 잠들고
님을 그리워하다 눈을 뜬 아침
사랑하면 할수록 심장은 용광로처럼 이글거립니다

2
님의 숨결을 담지 못한 심장은
차가운 영혼처럼 식어 갑니다

오시옵소서, 님이여
꺼져 가는 영혼에 불을 주소서
텅 빈 광야를 깨우시고
월계관을 걷어내 가시관을 씌우시어
내가 버린 십자가에 못을 박으소서

님이 뿌리신 겟세마니 피땀으로
내 영혼을 씻으시고
님이 떼어 준 한 조각 빵으로
내 영혼을 살찌우시고
님이 따라 주신 포도주로
상한 내 영혼을 적시소서

님이 씻겨 준 제자들의 발걸음으로
내 발걸음을 재촉하시고
엠마오 가는 길로 인도하소서

3
고백합니다, 님이여
발가벗은 영혼으로 기다리지 않았습니다
내 안에 늘 계심에도 알아채지 못했습니다
눈을 가렸습니다
꼭꼭 숨어 버렸습니다
문을 닫아 버렸습니다
귀를 막아 버렸습니다
입을 틀어 막았습니다
나를 감추고 삿대질을 했습니다
십자가에 못 박아 버렸습니다

아, 님이여
살아 있음이 은총입니다
님이라 부를 수 있음이 기적입니다

이제 알았사오니 님은 사랑입니다
님을 닮고자 하오니 님은 십자가입니다
그러나 님은 가난한 형제들 속으로
신음하는 세상 속으로 가라십니다
내 몸처럼 살으라십니다

4
다시는 님을 찾지 않게 하소서
다시는 울지 않게 하소서
다시는 님을 떠나지 않게 하소서

나를 붙드시고
나를 가두셔서
나를 못 박아주소서

님이 계시기에
님이라 부를 수 있고
님이 사랑이시기에
사랑할 수 있고
님이 십자가이시기에
님을 따라 십자가를 집니다

오, 님이여
님은 은총입니다
님은 기적입니다
오, 사랑하는 님이여
님은 나의 전부이시며
십자가이십니다

지구별

지구를 빵처럼 먹을 수 있다면
지구는 벌써 사라졌을 것이다

별을 사과처럼 따 먹을 수 있다면
우주도 벌써 사라졌을 것이다

지구를 한입에 삼키고
별들을 모조리 따 먹는다면

지구별에서 인간은 언제쯤 사라질까?

도반

십대에 푸른 뜻을 품고
바랑 하나 메고 걸어오신

늦은 밤까지 일러주신 영혼의 도반
구도자의 길

황차에 우려진 진한 향기와
곰삭은 그리움
이웃에 울고 세상에 아파했던
마가목의 시간들

소리 없이
깊어가는 연민의 밤들

어스름
새벽길을 열어가는

도반道伴

마지막 편지*

– 찬미 예수, 마리아

하얀 천장 네 개의 벽
딱딱한 철제침대에 누워 있지만
마음은 참 평안합니다.
어떤 처지에서도 있는 그대로를 받아들이는 일이
신앙인의 자세가 아닐는지요.
여러 경로를 통해 형제님들의 소식을 접하게 됩니다.
눈물겹도록 감사하는 마음의 사랑을 느낍니다.
매 순간, 바오로 사도의 고백처럼
당신 이외는 모든 것을 쓰레기로 여기고
하느님의 더 큰 영광을 위해 온전히 투신하겠습니다.
하느님께 생떼 부리지 않고
하느님의 섭리 안에서 모든 것이
행해질 수 있도록
형제님들을 위해서도 늘 기도합니다.
기도 안에서 만난다는 말을 이제야
이해할 수 있을 것 같습니다.
우리를 우리답게 지켜 주는 것은
오직 예수뿐.

* 1992년 11월 30일 백혈병 치료 중 주님의 품으로 간 광주교구 최유웅
신학생이 극심한 고통 속에 쓴 마지막 편지.

별로인 친구

십자가 아래 침대에서
잠옷 차림으로 무릎을 꿇는다

하느님, 도와주세요
은주가 저에게는 별로지만
은주의 병을 꼭 낫게 해주세요
다시 만나면 사이좋게 놀게요

엄마, 엄마!
은주의 암세포가 사라졌대요
기적이래요

따봉 하느님!
별로인 친구마저도 살려주셔서
땡큐 베리 머치!!

띠깔에서*

마야문명의 물음표로 남은
정글의 신비 속으로 걸어간다

또 다른 신의 이름으로
하늘에 쌓아 올린 제단

하늘과 나무와 땅을 잇는
사람과 자연과 신을 잇는
신전은 정글에 우뚝 서 있다

태초의 눈빛이 사라진 자리
영혼의 노래가 들려오는
초록의 마야는 오늘도 수수께끼다

* 띠깔은 마야문명 유적지 도시로 과테말라 페텐 주의 북서부
  열대우림 정글에 자리하고 있다.

리빙스턴*

아이를 등에 업은 공동 빨래터
바닥에 나뒹구는 작업복 같은 여인들
흑인들이 모여 사는 슬픈 아프리카

그늘에 일자로 늘어진 개들과
맨발로 따라오는 꼬마
빙그레 웃자 가슴으로 파고드는
검은 아이

둥둥 북소리가 울린다
흥겨운 가락에 어우러져 춤을 추는 사람들
노예들의 손과 발이 되어 준
리빙스턴의 하얀 어머니들

* 과테말라 카리브 해안 도시에 있는 마을로 작은 아프리카로 불린다.

마지막 상봉
– 어느 교우가 본 풍경

여수 앞바다 햇살이 출렁이는 2층 거실

교통사고로 경추를 다쳐 사경을 헤맨 천사 누나가 15년째 누워 있다. 그 많은 시간을 침대에 누워 지낸 천사는 사제의 누나다. 보이지 않는 기도와 희생으로 이뤄지는 사제의 길. 동생 신부는 그 길에서 멀리 도망치려 했다. 그러나 뜻밖의 사고로 중환자실에서 사경을 헤매는 누나의 고통은 신비롭게도 사제직의 갈등을 말끔히 씻어 주었다.

혼자 몸으로는 아무것도 할 수 없는, 폐암이 뇌까지 전이 된 두 살 터울의 누나가 전화를 했다.

– 신부님 너무 아파요. 우리 막둥이 결혼할 때까지만 살게 해 달라고 기도했는데…. 더 이상 살 수 없다면 하느님께서 빨리 데려가시라고 기도해 주세요.

막둥이가 중학교 3학년일 때 곁을 떠나 재활요양병원을 전전한 누나

새벽부터 전복죽을 끓이고 과일을 챙겨 동생 신부가 내려왔다.

오누이가 이승에서 만나는 마지막 자리

이곳은 어디인가? 희망이 사라진 사막인가?

15년째 누워 지내는 누나는 천사처럼 빙그레 웃는데 동생은 누나의 마른 손을 잡은 채 사막을 적신다.

이젠 떠나보내야 할 시간
동생 신부는 천사 누나의 마지막 하늘길을 열어 주려 종부성사를 드린다. 이마와 양손에 병자성유를 바르고 노자성체도 모신다. 누나, 걱정 마세요. 천국에 다녀온 사람들 이야기를 들었어요. 천사 누나는 고개를 끄덕이며 환하게 웃는다.

빛 속으로 빨려 들어가는 한 사람
지상에서 보지 못한 수많은 꽃들
눈을 감는다.
하늘길이 열린다.
어두웠던 여수 앞바다가 평화롭다.

알바트로스

엄마 오늘 현장학습 시간에 알바트로스 새를 봤어요. 하늘을 나는 새들 중에서 가장 크고 오래 날아요. 한 번 짝을 맺으면 70년을 산데요. '신천옹信天翁'이라 불리는 엄마 새가 새끼를 품고 있는 모습이 너무 사랑스러웠어요. 근데 엄마, 너무 끔찍한 동영상을 봤어요. 죽은 새끼 새들 뱃속에 노랑 파랑 빨간색 병뚜껑이 가득했어요.

— 어린 새들 뱃속에서 왜 병뚜껑이 나왔을까?

내가 애기였을 때 엄마가 숟가락으로 밥을 먹였던 것처럼 엄마아빠 새가 번갈아 하늘을 날다 은빛 비늘이 반짝이는 고기를 사냥해 먹인데요. 플라스틱 병뚜껑도 고기인 줄 알고 잡는데요. 건강한 새들은 토해 내지만 약한 새들은 그러질 못한데요. 어린 새들은 주는 대로 먹잖아요. 부들부들 떨면서 죽어 가는 새들이 너무 불쌍했어요.

더 놀라운 건요, 태평양 한가운데 한반도 일곱 배크기의 플라스틱 섬이 있대요. 엄마 우리도 생수 그만마시고 보리차 끓여 먹어요. 우리가 먹는 생수 때문에 알바트로스 새들이 죽어 가잖아요.

4부

오늘 밤 나는
행복합니다

어린 왕자처럼

들꽃 향기를 느끼며
사람들 속에서 들꽃처럼 살고 싶어요
이웃을 사랑하고
바른 눈과 정갈한 손을 지니고 싶어요
어느 곳에서든 당신의 숨소리를 따라
자연과 이웃들과 함께 살고 싶어요
이토록 아름다운 우주에서
당신과 함께 축복처럼 머물고 싶어요
수수한 당신과 푸른 별에서
어린 왕자처럼 행복하게 살고 싶어요
생명이 다하는 날 춤을 추며
왕자의 나라로 날아가고 싶어요

오늘 밤 나는 행복합니다
– 파비올라의 일기

    안데스 산골에서 농사를 짓던 아빠는 대도시 리마*로 흘러왔습니다. 벽돌공인 아빠는 큰아빠와 함께 큰집을 짓는 기술자이지만, 우리 가족이 사는 곳은 벽과 지붕을 파란 비닐로 덮은 비닐집입니다. 아빠는 내가 꿀잠을 잘 때 일을 나가 잠자리에 들기 전 집에 오십니다. 나는 아빠와 손잡고 성당에 가는 토요일 밤이 세일 좋습니다.

    우리 동네는 앞산과 뒷산에 나무 한 그루 없는, 사막 기후입니다. 친구들이 그리는 크레파스 그림은 온통 회색빛입니다. 어젯밤에는 비닐지붕 위로 공장 굴뚝에서 뿜어내는 매연이 소나기처럼 내려앉았습니다. 잠을 자고 있던 오빠 머리 위로 별빛들의 눈물이 쏟아졌습니다. 날마다 큰 집을 짓는 아빠는 내일도 겨우 빵만 사가지고 오실 겁니다.

    닭과 돼지를 기르는 우리 집은 아빠가 제일 열중이십니다. 아빠는 늘 이렇게 말하십니다. 말 못하는 짐승을 굶기는 일은 죄를 짓는 일이라고요. 하지만 아빠가 쉬는 날은 엄마의 한숨도 깊어집니다. 일이 없어 쉬는 날이면 아빠는 너희들은 어서 먹고 크라며 식탁에 앉지도 않습니다. 식탁이 가난한 우리 집은 식은 감자마저 놓이지 않을 때도 있습니다.

오늘은 우리 집에 동네 아줌마들이 모여 성서 공부를 하는 날입니다. 모든 것을 공동 소유로 내어놓아 필요한 만큼 나누어 가졌다는, 사도행전 공부를 마친 우리는 판자로 만든 식탁에 둘러앉아 빵과 커피를 마셨습니다. 우리 가족은 오늘 빵과 커피를 대접하기 위해 점심은 물만 마셔야 했습니다. 그렇지만 오늘 밤은 너무너무 행복합니다. 수녀님은 물론이고 동네 아줌마들과 신나게 춤을 추었으니까요. 어쩌면 오늘 밤은 별꽃들이 반짝이는 꿈나라에서 너울너울 춤을 추는 흰나비가 될 것 같습니다.

* 페루의 수도 리마는 해안 사막에 둘러싸여 있다.

아주 작은 기적

늦은 밤에 무슨 일이세요?

죽음의 공포와 싸우다 병원에서 링거 맞고 있어요.

주섬주섬 옷을 챙겨 병원으로 향했다.

한 시간여쯤 지나 아버님을 부축해 집으로 돌아왔다.

사별 후 스물다섯 해를 홀로 지낸 거실에 요때기 두 장이 깔려 있었다.

현관문 잠그지 않고 잔 지 여섯 달이 되었네요. 무슨 일 생기면 누구라도 뛰어 들어와 응급조치를 해야 하잖아요.

죽을 것처럼 아프신 환자를 두고 사제관으로 돌아갈 수 없어 곁에 누웠다.

젓가락도 한 쌍이 좋겠지요?

45년 전에 돌아가신 아버지를 그리며 또 다른 아버지의 손을 잡고 잠이 들었다.

아버님, 잘 주무셨어요?

일주일 넘게 잠을 자지 못해 병원에 갔어요. 우울증 약을 먹고 있어요. 그래도 오늘은 신부님께 기댈 수 있어 행복하네요. 어젯밤 신부님이 내 손을 잡아줄 때 그런 확신이 들었거든요. 하느님이 내 손을 잡아 주셨으니 우울증도 곧 낫겠구나. 아내와 사별하고 내 옆에서 잠을 자 준 사람은 신부님이 처음이었네요.

우리의 인연은 그렇게 한 달이 지나고 두 해가 지났다.

우울증에 파킨슨을 앓는 아버님과 매일처럼 금강 하구로 산책을 나갔다.

허리띠 아래로 축 늘어진 손에 힘이 붙었다.

굽은 허리도 한 그루 나무처럼 반듯해졌다.

하늘이 주신 사랑이라 믿었다.

나비효과

한 마리 나비의 날갯짓
파장은 지구 끝까지 날아간다

푸른별 지구는 3천만 종의 생명터
내가 너를 의지하듯
서로가 서로를 의존하며 살아간다

태풍이 몰아친다
무지개가 피어난다
화산이 폭발한다
꽃들이 피어난다
지구의 자정능력은 얼마나 위대한가

강줄기는 사람의 내장
강물이 흐르는 하구는 사람의 항문
그러나
그러나
새만금 방조제는 항문이 막혔다

신은 무조건 용서하고
인간은 종종 용서하고

지구는 절대 용서하지 않는다.*

* 프란치스코 교황

사랑의 꽃밭

– 막달레나의 집

꽃은 저마다
가지 끝에서 홀로 피어납니다

꽃을 닮은 희망도
절망의 끝자락에서 홀로
저녁을 맞이하고
아침을 맞이합니다

봉오리를 찢고 태어나는
꽃의 상처는
그래서 눈물의 축제입니다

산천에 아니 피는 꽃
어디 있을까요
한 송이 꽃은
세상 한복판에 진통을 호소하며 피어납니다

이름도 없이 아름다운 저 들꽃들
눈부신 샘물의 꽃밭을 이루었습니다

돌무덤을 열고
부활의 생명으로 걸어오신 구세주
절망의 숲을 가로질러
희망의 새벽을 달려온 막달레나

오롯이 낮은 곳으로
더 낮은 곳으로 흘러
침묵의 숲을 가꿔 온 막달레나여
하늘에서 내려와
따사로이 곡식을 살찌우는 여인이여

신과 인간을 이어 주는
지상의 백합꽃이여
가난한 자들의 영혼의 노래여
영원히,
영원히 십자가를 흠모한 이여

꽃은 저마다
가지 끝에서 홀로 피어납니다

자연과 인간

어머니의 대지는
우리에게 한없이
한없이 베풀었다네

우리는 어머니의 대지에 주인이 되려 했었지

그사이 다녀간
전쟁보다 무서운 재앙들
사스
에볼라
광우병
브루셀라
메르스
조류 인플루엔자
에이즈
코로나
(……)

어머니의 절규를 멈추게 할 순 없을까?
우리의 대지를 살릴 순 없을까!

매미의 노래

별들이 조는 밤
누가 침입자일까?

언덕 위 갈색 지붕 성당
개울물 흐르는 소리
7년을 기다림 끝에 이레를
가슴 찢으며 우는 소리

매미의 노래는
삼백예순다섯 날 피를 흘리는
성당 벽에 박힌 서른세 살 예수

한번 바치는 목숨의 노래
매미처럼 노래하고 싶었다
매미처럼 십자가에 매달리고 싶었다

백두산 천지

삼대가 공을 쌓아야 볼 수 있다는 천지天池
쪽빛 하늘이 내려앉은 하늘못에 깜짝 놀란 사람들이
환호한다.

– 경이롭고 신령함에 쿵쿵 가슴이 뛰어요.
– 내 영정을 천지 사진으로 준비하라는 유언이 떠올
랐어요.
– 내 안 어딘가에서 천지개벽과 같은 변화가 일어나
는 것 같아요.
– 하늘로 올라가려고만 말고 천지처럼 하늘을 품은
사람이 되고 싶어요.
– 구름 한 점 없는 하늘보다 짙은 쪽빛 천지를 보는
순간 천치가 되고 말았어요.
– 죽는 순간 어떤 장면을 떠올릴까. 내 남편을 생각하
며 죽을까, 내 자식일까, 아니면 내 부모일까? 세상 마
치는 날 눈 감을 때 천지를 생각하며 하늘로 돌아갈 수
있을 것 같아요. 이제 준비가 되었으니 두렵지 않아요.
– 천지를 보는 순간 하느님을 만난 것 같은 전율에
한 발짝도 뗄 수 없었어요. 오, 하느님! 이렇게 아름다
운 천지를 7천만 겨레 모두가 볼 수 있도록 하루빨리
통일을 이루어 주소서.

매화 꽃차

안개비 내려앉은
법당 앞 매화꽃

하늘이 내려준 무한 공양

새벽 예불 마치고
따오신 연분홍 소식

입 안 가득 번져오는
예불의 향기

누군가의 한 생애를
묵언으로 피워 올린

구도의 향기

꽃무릇

하나의 꽃대가 일으켜 세운
꽃송이들
불이 지나간 자리

누군가를 밤새 그리워하면
흔들림 없이 피어오르는가 보다

누군가를 몰래 사랑하면
저토록 붉게 타오르는가 보다

내 가슴 속에 피어오르는 그리움
내 영혼 속에서 타오르는 사랑

이런 사랑 처음이에요

– 식사 내내 눈을 감고 드린 기도

안구염으로 무엇 하나 볼 수 없는
온종일 방에 갇혀 지내는 독거 어르신

  한 달에 한 번 사회복지회에서 독거 어르신 반찬을 만드는 날이다. 손만두를 빚고 돼지갈비를 준비하느라 주방은 분주하다. 갓 지은 밥과 갓김치 멸치볶음 동치미가 반찬통에 담겼다. 막걸리 배달을 마치고 온 형제님과 독거 어르신 댁으로 향했다.

  – 회장님, 미카엘이에요.

사랑채를 지나 안채로 들어섰다.

  – 점심 드셨어요? 오늘은 신부님이랑 함께 왔어요.

  – 밥 먹은 지 얼마 되지 않아서….

이불을 머리까지 덮고 주무셨던 회장님이 말끝을 흐렸다.

  – 아버님 제가 배가 고파요. 미카엘 형제님도 막걸리 배달하고 와서 시장하고요. 조금이라도 함께 드시게요.

  날 지난 신문지 두 장을 방바닥에 깔았다. 준비해 간 반찬을 차리고 그릇에 밥과 국을 담았다. 둘러앉은 신문지 밥상이 정겹다. 숟가락에 밥을 떠서 돼지갈비 한 점을 올렸다.

– 아버님, 아 하세요.

– 아이고 신부님, 괜찮아요.

– 한 번만 드시면 안 잡아먹죠!

배가 고픈 것보다 사람이 더 그리운, 감옥이나 다름 없는 저 외로움. 시간이 지날수록 짙어지는 고독의 그림자. 얼마나 말이 하고 싶었으면 한 시간 넘게 하실까. 어둡던 얼굴이 환하게 피어난다.

– 지난번 뵀을 때는 기력도 없으시고 안색도 안 좋으시던데 오늘은 해바라기처럼 환하게 피셨네요.

– 그래요? 신부님이 다녀가시니까 좋아졌나 봐요.

– 우리 아버님 아부도 잘하시네요.

– 하! 하! 하! 제가 그랬나요?

무릎을 꿇고 기도와 강복과 안수를 드렸다. 순간 어디서 그런 힘이 나온 것일까. 두 손으로 회장님을 뻘 껑 일으켜 세웠다. 포옹을 하고 등을 도닥이자, 으스러질 듯 가슴을 끌어안으신다. 심장이 뜨거웠다.

– 아버님, 사랑합니다.

– 신부님, 저도 이런 사랑 처음이에요.

회장님과 포옹을 나누고 성당으로 돌아가는 길, 눈발이 하염없이 날린다. 천사 형제님과 발자국을 남기며 걷는 길이 하얀 축복이다.

5부

詩, 노래가 되다

프란치스코 빠빠

지금같이 좋은 날 너무 좋아

당신을 생각하며 웃고 있는
지금같이 좋은 날 너무 좋아 너무 좋아 너무 좋아

당신과 함께 손잡고 가는
지금같이 좋은 날 너무 좋아 너무 좋아 너무 좋아

정의와 평화를 실천하는
지금같이 좋은 날 너무 좋아 너무 좋아 너무 좋아

자연과 세상을 사랑하는
지금같이 좋은 날 너무 좋아 너무 좋아 너무 좋아

너와 나 우리 하나가 되는
지금같이 좋은 날 너무 좋아 너무 좋아 너무 좋아

가까이 오세요

나비가 꽃을 찾아오듯
가까이 가까이 가까이 오세요
우리는 사랑밖에 몰라요 가까이 가까이

어디에 있어도 지구 위에 있어요
가까이 가까이 가까이 오세요
우리는 사랑으로 하나예요 가까이 가까이

우리 사랑 하늘에 퍼지도록 가까이 가까이 오세요
우리 모두 지구촌 한가족 우주와 한마을
나비가 꽃을 찾아오듯 가까이 가까이 가까이 오세요
우리는 사랑밖에 몰라요 가까이 가까이
가까이 가까이 가까이 가까이 가까이 가까이

없을까

사람들 속에서 들꽃처럼
살다 갈 순 없을까
뿌리를 키우는 강물처럼
흐를 순 없을까
자연과 더불어 산처럼
행복할 순 없을까
당신을 향한 그리움 바다처럼
넘칠 수 있을까
우리 사랑 하늘처럼
영원할 순 없을까

당신 사랑

- 김봉희 신부님

창가에 달이 뜨고
내 그리움 문득 피어나면
그땐 어떡하나요 이 사랑

당신은 떠나고
미칠 듯 보고픈 그리움
밀물처럼 밀려오면
두 볼로 흐르는 추억
영원한 그 사랑

난 당신을 잊을 수 없네
당신이 보여준 그 희망
이 세상 어디에도 없는 사랑
당신이 이 세상 살다 간 그 이유
당신을 기억하는 사람들 모두가
사랑이라 고백하네

이 세상 어디 가도
당신 그림자 살아 있어
더욱 간절해지는 이 사랑

당신이 보여준 영원한 행복
노래하리 영혼 가득
사랑하며 이 삶을 다하고
다시 만날 날 당신 품에 안기리

난 당신을 잊을 수 없네
당신이 보여준 그 희망
이 세상 어디에도 없는 사랑
당신이 이 세상 살다 간 그 이유
하늘이 내려 준
이 세상 어디에도 없는
영원한 그 사랑

내 그리운 사람아

곁에 있을 땐 다 알 수 없었던 사랑
더 이상 볼 수 없는 먼 길 보내고서야
새롭게 뜨겁게 타오르는 사랑
꿈속이라도 보고 싶은 사람
내 그리운 사람아 내 영원한 사랑아
내 그리운 사람아 내 영원한 사랑아

홀로 밤을 새워가며 태우던 그 사랑
내게 통째로 주어진 그 사랑에
눈물로밖에 답할 수 없는
꿈속이라도 보고 싶은 사람
내 그리운 사람아 내 영원한 사랑아
내 그리운 사람아 내 영원한 사랑아

아무것도 당신에게 줄 수 없는
저 하늘까지 영원한 그 사랑
나를 온전히 태워야만 하는
오직 당신만이 이룰 수 있는 사랑
내 그리운 사람아 내 영원한 사랑아
내 그리운 사람아 내 영원한 사랑아

찔레꽃

– 김종철 선생님

눈을 감아도 보이는 당신 미소
멀리서도 향기 나는 당신 마음
찔레꽃처럼 아름다운 사람아
찔레꽃처럼 향기로운 사람아

찔레꽃처럼 살다 가자
찔레꽃처럼 놀다 가자
당신은 찔레꽃
당신은 찔레꽃

찔레꽃처럼 아름다운 사람아
찔레꽃처럼 향기로운 사람아

소나무 사랑

개울가 작은 언덕에 홀로 서 있는 나무여
언제나 그 자리에서 기다리는 나무여
뿌리를 씻으며 아래로만 흘러가는 그리움이여
안개를 피우며 한없이 흘려보내는
잡아둘 수 없는 그리움이여

바람에 가지가 잘려 나가도
늘 한 자리 바람을 기다리는 나무여
사계절 푸른 그리움 입고서
달려오는 바람을 기다리는 나무여 사랑이여

당신을 기다리는 나는
사철 푸른 그리움으로 서 있는 소나무입니다
당신을 사모하는 나는 사철 푸른 사랑입니다

우주의 하느님

우주를 지으신 하느님 감사하나이다
하늘 높이 찬미하나이다
깊이 머리 숙여 경배하나이다
무릎 꿇어 오체로 흠숭하나이다
온 마음으로 우주를 받들겠나이다
어린양처럼
순명하며 고개 숙이나이다
두 손 모아 기도하나이다
우주와 함께 일어나 사랑하겠나이다
내 모든 것 바쳐
자연과 세상,
이웃과 가족을 사랑하겠나이다
우주의 하느님

태초부터 시작된 사랑

님을 찾아 숲을 거닐고 바다까지 갔어요
님이 보고 싶어 사람들 거리를 헤매었어요
내 님이 어디에 있는지 이제 알았어요
다시는 놓지 않으렵니다

그리움 속에는 숨어 계시고
사랑할 때마다 피어나는 향기
내가 사랑받는 순간에 피어나는 꽃
내가 사랑하는 순간에 타오르는 영혼

태초부터 시작된 내 님의 사랑
내 님의 사랑으로 불타는 영혼
불타는 사랑 속에서 죽도록 사랑하리라
영원히 사랑하리라
불타는 사랑 속에서 죽도록 사랑하리라
영원히 사랑하리라

이웃과 생명을 죽도록 사랑하고
영원히 영원히 사랑하리라
내 님의 사랑을 알았으니 죽도록 사랑하리라
영원히 사랑하리라

사랑하리라 영원히 사랑하리라

벗에게

가슴이 너무 차다
영혼이 너무 춥다
세상을 살아가기엔 사랑이 너무 차갑다

얼어붙은 영혼을 기도로 녹이고
이웃과 세상의 십자가 지고
우린 생명으로 삽니다

죽음을 건너 사랑으로 평화로
우리는 갑니다
아름다운 세상을 향하여
형제여 벗이여
사랑은 주는 것
평화는 사는 것
죽음을 건너 사랑으로 평화로
우리는 갑니다

사랑합니다

당신은 내 희망 내 사랑 당신을 사랑합니다
이렇게 만나서 함께하니 정말 행복합니다
우리의 사랑과 행복이 영원하길 빕니다
사랑합니다 사랑합니다 당신을 사랑합니다

당신을 만나서 즐겁고 너무 행복했어요
당신은 내 인생 내 사랑 나의 전부입니다
우리의 사랑과 행복이 영원하길 빕니다
사랑합니다 사랑합니다 당신을 사랑합니다

사랑합니다 사랑합니다 당신을 사랑합니다
영원히 사랑합니다

더 늦기 전에 지구를 살려요

지구가 살아야 우리가 살아요
지금 시작해요
우리의 희망 지구를 살려요
늦지 않았어요

나 나 나 나 나 나 나
나 나 나 나 나 나 나

우리 지구가 불타고 있네
우리 희망이 녹고 있네
우리 미래가 사라지고 있네
우리의 종말이 시작됐어요

두 번의 희망은 오지 않아요
두 번의 기회는 오지 않아요
더 늦기 전에 지구를 살리자!
지구를 살리자!

나 나 나 나 나 나 나
나 나 나 나 나 나 나

우리 지금 가슴으로 연대해요 (더 늦기 전에)
우리 지금 삶으로 행동해요 (더 늦기 전에)
우리 지금 지구와 함께 해요 (더 늦기 전에)

나 나 나 나 나 나 나
나 나 나 나 나 나 나

산천에 풀들이 꽃피게 해요
하늘에 새들이 춤추게 해요
아이와 친구가 웃게 해요
더 늦기 전에 더 늦기 전에

나 나 나 나 나 나 나
나 나 나 나 나 나 나
나 나 나 나 나 나 나
나 나 나 나 나 나 나

지구가 살아야 우리가 살아요
지금 시작해요
우리의 희망 지구를 살려요
늦지 않았어요

프란치스코 빠빠[*]

우주의 춤으로 시작된 하늘이 땅으로 내려온 사랑
하늘이 열리고 쏟아진 평화 영원한 사랑 영원한 행복
구유에서 피어난 이천 년 전 그 사랑
새들과 꽃들에게 희망을
가난한 영혼으로 살다 간 성 프란치스코
지금 여기에서 타오르는 평화
오— 아름다운 사랑

사랑은 주는 것 평화는 사는 것
당신은 사랑 당신은 평화
사랑은 주는 것 평화는 사는 것
당신은 사랑 당신은 평화

우리 희망 빠빠 우리 평화 빠빠
우리 사랑 빠빠 빠빠 빠빠
당신과 손잡고 천국으로 향하리
빠빠 우리 평화 빠빠 우리 사랑

* 2008년부터 10여 년을 전북 진안군 산골짜기에서 살았습니다. 부귀공소 어르신들이 프란치스코 교황님으로 분장한 신부와 '프란치스코 빠빠'를 춤추며 노래하는 동영상을 제작해 유튜브에 올렸습니다. 일명 교황님을 사칭한 동영상이었습니다. 2014년 8월 15일 유성으로 가는 고속열차에서 프란치스코 교황님이 동영상을 보시고 박장대소를 하셨습니다. 이것이 계기가 되어 떠나시는 날 아침에 프란치스코 교황님을 알현하게 되었습니다. "천국에서 프란치스코 교황님을 만나면 '프란치스코 빠빠' 동영상에서 춤추었던 마리아라고 인사할 겁니다." 이렇게 공소 어르신들에게 하늘까지 영원할 추억을 선물한 노래입니다.

산문

청년 화부의 꿈

1

초등학교 4학년 때 아버지를, 고3 시절에 어머니마저 하늘로 떠나보낸 청년의 꿈은 일생을 걸어야 하는 도전이었다.

청년의 고향은 술에 취한 주인을 구하고 숨진 충견의 고장 오수獒樹. 농부의 아들인 조윤호 요셉 싱인의 본명으로 세례를 받았다. 세례수가 이마에 떨어져 흐를 때 심장에서 사제성소가 흐르기 시작한 걸까. 그러나 성당으로 인도한 형수마저도 반대한 길이었다.

"사제는 아무나 되는 게 아니에요. 몇 대 구교 집안도 도중 하차하는데, 8남매 가족 중에 혼자만 신자인 삼촌에게는 가당치 않은 꿈이에요. 다시 한 번 깊이 생각해 보세요."

청년은 서울시립대 국어국문학과 야간부에 응시했다 낙방하고, 방위병으로 복무를 마쳤다. 신학교를 포기하라는 집안의 눈총을 피해 청년은 과수원 2만 평에 돼지 250여 마리를 키우는 농장으로 몸을 피했다. 서울에서 목욕탕 여관을 하는 형님댁으로 가면 사제의 길을 갈 수 없을 것 같은 불안감 때문이었다.

새벽 5시에 일어나 돼지에게 사료를 주고, 삽으로 똥을 치웠다. 두 시간 넘게 이어지는 작업은 잠시도 허리를 펼 수 없었다. 아침 식사 전에 일을 모두 마쳐야 했다. 좁은 공간에서 돼지들을 이리저리 몰아가며 똥을 치우는 일은 생각처럼 쉽지 않았다. 성미가 고약한 돼지는 머리로 들이박고, 종아리나 허벅지를 무는 녀석도 있었다. 돼지 비린내와 엄청난 양의 똥오줌 냄새는 메탄가스와 뒤섞여 악취를 풍겼다.

경운기를 모는 일도 진땀이 났다. 특히 후진은 적재함이 돈사를 들이받을까 봐 손이 떨렸다. 몇 차례 쿵 들이박고, 끼익 멈추었다.

아침 식사를 마치고 나면 사과와 배, 복숭아 열매를 솎고 봉지를 씌워야 했다. 십여 일에 한 번꼴로 2만 평 과수원을 과수마다 돌아가며 농약을 쳤다. 늦은 밤에도 종종 분만하는 돼지 새끼를 받곤 했다. 두세 마리가 새끼를 분만하는 날은 밤을 꼬박 새우는 일이 예사였다.

그렇게 얼마쯤 지났을까. 신앙의 멘토이신 대부님의 가축병원 직원이 갑작스레 이직을 한 모양이었다. 공소 교리교사와 총무를 맡아 보며 가축병원에서 근무를 시작했다. 가축병원에서 받는 월급은 신학교 학비로 정기 적금을 들었다. 적금을 깨 학원비를 충당하려니 썩 마음이 내키지 않았다. 신학교 입학 때까지 학원비는 다른 일을 해 충당할 계획이었다.

재수 생활에 필요한 학비를 벌기 위해 찾아간 곳은 대중목욕탕이었다. 때밀이를 하겠다고 하자 목욕탕 주인은 핀잔을 주었다.

"때밀이는 뭐 아무나 하는 줄 아나. 누구 등가죽 벗길 일 있나!"

상경한 청년에게 주어진 일은 대중목욕탕 지하 보일러실 화부였다. 잠자리는 한 사람이 겨우 누울 계산대 방이었다. 이튿날 새벽 5시, 알람 소리와 함께 일과가 시작되었다. 십자성호는 청년의 영혼을 깨워 주었고, 꿈을 향해 내딛는 감사의 시간이었다. 잠시 양반다리로 앉아 하루를 여는 침묵의 기도를 올렸다.

남자에게 허락되지 않는 여탕 문으로 들어가 탕에 물을 받았다. 이른 새벽부터 여탕에서 일을 한다는 게 왠지 어색했다. 남탕 물까지 다 받고 나자 하나둘 손님들이 들어왔다.

2

눈보라 몰아치는 남한산성 자락에 자리한 대중목욕탕은 사나흘 간격으로 트럭이 건축용 폐목을 부려놓았다. 굵은 대못이 박히고, 회색빛 시멘트가 묻은 상처받은 목재들이었다. 실장갑을 두 겹으로 끼고 폭설에 파묻힌 폐목들을 꺼냈다. 손을 호호 불어가며 일을 하는데도 20분을 버티기 어려웠다. 지하 보일러실로 뛰어들

어가 뼛속까지 파고드는 한기를 녹이지 않으면 동상이
들 것 같았다.

산더미처럼 쌓인 폐목을 지하 보일러실 입구로 두세
개씩 집어 던졌다. 긴 폐목은 톱질을 해 적당한 크기
로 자르고 작은 수레에 담아 보일러실로 날랐다. 식사
시간을 제외한 대부분의 시간을 던지고 자르고 나르고
불을 때야 했다. 일주일 정도 지났을 때였다. 오른손 팔목
에 초란 크기의 반점이 생겼다. 안 쓰던 근육을 과하게
쓴 탓이었다. 잠자리에서 통증으로 잠을 깰 때도 있었
다. 근육통으로 인한 붉은 반점은 보름 정도 물파스를
바르자 이내 사라졌다.

근육통보다 위험천만한 일이 있었다. 굵은 대못이 박
힌 채 뒤엉킨 폐목들을 빼내는 일이었다. 폐목 더미 위
로 올라가 하나씩 지하실 안으로 던졌다. 몸의 중심을
잃거나 뒷걸음을 치는 순간 으악! 입에서 비명이 터져
나왔다. 폐목에 박힌 대못이 운동화를 뚫고 살 속으로
파고든 것이다.

피를 짜낸 자리에 빨간약을 발랐다. 파상풍이 염려되
어 병원을 찾아 주사를 맞기도 했다. 국민건강보험이 없
던 때(1988년)라 병원비도 만만치 않았다. 두어 번 병원
을 다녀온 후로는 피를 짜낸 뒤 빨간약을 바르고 십자
성호만 그었다. 가난한 사람이 의지할 곳은 기도밖에
없었다.

때를 미는 손님이 찾으면 보일러 기사는 남탕으로 올라가고, 청년은 잠시 땜장이 화부가 되었다. 고래 입처럼 큰 보일러 아궁이에 폐목을 한 부석 몰아넣고 의자에 앉아 장작불을 바라보았다.

최면에 걸린 듯 몇 초 만에 졸음 속으로 빠져들었다. 고개를 떨어뜨린 채 졸다 보면 불땀이 사그라들어 숯만 타고 있었다. 깜짝 놀란 눈으로 후다닥 아궁이에 폐목을 몰아넣었다. 다시 플라스틱 의자에 앉으면 입가에 작은 미소가 번졌다. 이처럼 행복은 노동의 시련 속에서 피어난 졸음의 결과였다.

보일러실 일이 끝나갈 즈음이면 시간은 더 바쁘게 돌아갔다. 다음 날 오전까지 쓸 장작을 보일러실 안에 차곡차곡 쌓아 둬야 했다. 일과 중에서 가장 긴장되는 순간은 물탱크의 수온을 80도까지 올려놓아야 한다는 것이다. 하지만 섭씨 80도로 올려놓는 일은 생각처럼 쉽지 않았다. 손님이 많은 주말에 더욱 그랬다. 물을 데우기 바쁘게 온수가 빠져나갔다. 주말에는 두 배 속도로 장작을 몰아넣어야 겨우 숨을 쉴 수 있었다.

매일같이 재를 치우지만 아궁이에서 골라낸 대못의 양은 상당했다. 한 달에 한 번 고물상에 팔면 돼지고기 두루치기에 막걸리를 마실 수 있었다.

3

보일러실 일을 마치면 남탕 청소가 기다리고 있었다. 욕실 바닥에 하이타이를 뿌려 닦은 후 호스로 물을 뿌리다 철퍼덕, 넘어진 적도 많았다. 방으로 들어가 거울에 비추면 가지색 멍이 들어 있곤 했다. 목욕탕 청소를 하다 팔다리가 부러지는 일도 있으니 가지색 멍 정도는 감사해야 할 일이었다.

저녁 9시경 남탕 청소를 마치고, 걸어서 5분 거리에 있는 주인집에서 늦은 저녁을 먹었다. 계산대 방으로 돌아오면 10시가 훌쩍 넘었다. 배를 깔고 누운 채 하루를 마무리하는 일기를 쓰곤 했다. 몇 줄 쓰다가 눈꺼풀의 무게를 이기지 못한 날은 일기장에 코를 박은 채 잠들곤 했다. 하루 동안의 일기를 사흘에 걸쳐 쓰는 날이 많아졌다. 그렇게 사나흘에 걸쳐 일기를 쓰는 날 잠자리에서 종종 다리에 쥐가 나기도 했다. 새벽부터 밤까지 폐목을 던지고 자르고 나르며 불을 때고 탕을 청소하는 일로 다리가 혹사를 당한 탓이었다.

성당에 가는 주일은 눈코 뜰 새 없이 바빴다. 서둘러 아침을 먹고 목욕재계한 후 시내버스에 올랐다. 20분 전 성당에 도착해 뒷좌석에 앉으면 마음부터 모았다. 오늘은 일주일을 살아갈 에너지를 충전하는 시간. 힘들었던 순간과 감사했던 순간들이 교차하는 은총의 시간이었다.

예수님의 몸, 성체를 모시고 드리는 기도는 간절했다.

폐목을 뚫고 나온 대못들 위에서 하는 일은 하루하루가 긴장의 연속이었다. 더욱이 사제의 꿈을 이뤄가려면 간절한 마음으로 두 손 모아 기도할 수밖에 없었다.

미사 중에 조는 날도 있었다. 그동안의 피로가 한꺼번에 몰려온 탓이었다. 돌이켜보면 미사 시간만큼 행복한 순간도 없었다. 졸음 속에서도 영혼과 육신이 함께 쉬는 알짜배기 충전이었던 것이다.

가시밭길을 닮은 화부의 노동은 험난한 십자가의 길이었다. 어둠 속 샛별처럼 청년 화부의 꿈도 햇살 한 점 들지 않는 지하 보일러실에서 시작되었다. 그 길은 젊음을 송두리째 바쳐야 하는, 벗을 위해 일생을 걸어야 하는, 이웃과 세상을 향한 사제의 길이었다.